온

온

안미옥 시집

창비

차
례

**제3부** • 무엇이 만들어질지 모를수록 좋았다

**제 1 부**

진짜 마음을 갖게 될 때까지

# 네가 태어나기 전에

네가 태어나기 전에도 사람들은 비틀린 목소리로 말하고 휘어진 거울을 들고 다녔어. 어떻게 해야 좋은 마음이 되는지 아는 사람이 없었다. 잔재, 잔재들. 긁어모으면 커지는 줄 아는 사람. 눈물의 모양을 감춰둘 수 없어서 다 깨뜨렸다. 거울이 바닥으로 쏟아졌다. 자기 얼굴을 제대로 볼 수 있는 사람이 없었어. 물살이 멈추지 않았다. 발이 땅에 닿지 않았다. 표정을 읽지 못하는 사람들이 늘어나고, 눈앞에 있는데도 보이지 않는 빛. 살아남자고 말하면서 흩어지는 잎. 머뭇거리고 머뭇거리는 일. 밖에서부터 안으로 목소리들이 들어온다. 비워두었던 공간으로 쏟아져 들어온다. 슬픔에 익숙해지기 위해 부드러움에 닿고자 하는 마음을 버렸다. 잘못을 말하고 싶지 않아서 입을 닫아버렸다. 마른 꽃을 쌓아두고 겨울이 오기를 기다린다. 아주 작은 연함, 네가 태어나기도 전에.

# 매일의 양파

팔을 쭉 뻗기 위해서는
조금 더 연해져야 했다
뭉개지면서, 우리는 자라고 있다


생각을 많이 할수록 우리는 없어져갔다
자전거 바퀴가 똑같은 길을 똑같이 지나갔다


발을 내려놓지 못하게


옆사람이 크게 부른다 메아리, 메아리를
작게 부르면 돌아오지 않았다
나는 작게 불렀다


저녁은 매일 바뀌지만
밖에 둘 수 없어서
안쪽 문을 열어두었다


생각이 멈추지 않았다

# 톱니

어린 나는
무너지는 마음 안에 있었다

무너지는 것이 습관이 된 줄도 모르고
무너지고 무너지면서
더 크게 무너지는 것에 대해 생각했다

주저앉을 마음이 있다는 건
쌓아올린 마음도 있다는 것
새가 울면
또다른 새가 울었다

또렷하게 볼 수 있다면
상한 마음도 다시 꺼내볼 수 있을까
도마 위에 방치된 생선이나
상온에 오래 놔둔 두부처럼
상한 것은 따듯하고
상한 것은 부드럽게 부서진다

감당할 수 없는 일은
감당할 수 없는 일로 남아
마음을 놓는다는 것이 무엇인지도 모른 채

빛이 물속으로 들어간다
물을 찢으며 들어간다
어린 나는 그것을 보고 있었다

손바닥이 열려
흐른다면
흐른다는 이유만으로

아침이 오지 않을 거라고 생각한 적 없었다
두꺼운 이불을 덮고
맞물리며 돌아가고 있다는 것을
잊지 않으려 했다

덜 자란 나무는 따듯할 수 있다
한번 상하고 나면 다음은 쉬웠다

# 거미

새벽이 되기 전부터 저 닭은 울고 있다
어차피 허물어질 것이라면
연약한 재료를 구하고 싶었다

허공을 돌면서
지금은 버티는 중이라고
나를 속여왔다고

물을 견디고 있는 모래벽

연결은 끊을 수 없는 곳에서 시작된다
내게는 외면하지 못하는 버릇이 생겼다

도망치는 발에게서 조금 더 멀어지려고

차가움은 가파르고
흉터에서 출발하려는 마음

나는 그저 내게 좋은 일을 해야 했다

14

갑자기 튀어나오는 고양이는 눈을 피하는 법이 없다
볼 수 없던 것을 보려고 할 때

나는 숨을 참는 얼굴이 된다

# 한 사람이 있는 정오

어항 속 물고기에게도 숨을 곳이 필요하다
우리에겐 낡은 소파가 필요하다
길고 긴 골목 끝에 사람들이 앉아 있었다
작고 빛나는 흰 돌을 잃어버린 것 같았다
나는 지나가려고 했다
자신이 하는 말이 어떤 말인지도 모르는 사람이
진짜 같은 얼굴을 하고 있었다
반복이 우리를 자라게 할 수 있을까
진심을 들킬까봐 겁을 내면서
겁을 내는 것이 진심일까 걱정하면서
구름은 구부러지고 나무는 흘러간다
구하지 않아서 받지 못하는 것이라고
나는 구할 수도 없고 원할 수도 없었다
맨손이면 부드러워질 수 있을까
나는 더 어두워졌다
어리석은 촛대와 어리석은 고독
너와 동일한 마음을 갖게 해달라고 오래 기도했지만
나는 영영 나의 마음일 수밖에 없겠지
찌르는 것

휘어감기는 것
자기 뼈를 깎는 사람의 얼굴이 밝아 보였다
나는 지나가지 못했다
무릎이 깨지더라도 다시 넘어지는 무릎
진짜 마음을 갖게 될 때까지

# 균형 잡힌 식사

잠자리를 자르면, 빨간 꼬리가 바람에 날아다녔다. 빨랫줄을 잡고 있는 다리와 팽팽한 날개. 우리들의 균형은 그렇게 시작된다.

터널 안쪽에는 그림자가 가득 채워져 있고. 저쪽에서 이쪽으로 친구들의 웃음소리가 건너왔다. 나는 늘 이쪽에 있지만.

연이 손에서 멀리 날지 못했다. 끊어진 적 없는 손가락.

사물함이 일렬로 늘어서 있고.
가방을 메고 걷는 사람에겐 목적지가 있어 보인다. 지퍼가 열려 있었다.

빈 교실에서, 잠긴 문 안에서. 운동장이 마르는 자국을 자주 지켜보았다. 가만 보면, 모두가 친해 보여서.

갖고 싶은 것은 그렇게 생겨난다. 멀리 있을 때, 돌아갈 수 없을 때.

초록색 호두를 두 손에 쥐고, 껍질과 껍질을 벗겨내는 동안. 손은 이미 달라져 있다.

# 밤과 낮


북쪽 숲을 지나왔어 태어날 때의 형상은
한쪽이 길어지면 한쪽은 짧아진다 가려움은 한꺼번에
몰려온다
우린 모두 연결되어왔어
그럴 때마다 이상한 기분에 휩싸였어 그런 날이 자주
왔어


트랙을 돌고 있다 이곳엔 울타리가 많아
농담들이 사는 곳 어떤 이름도
자주 뒤집히는 곳


새로운 색이 떠돌고 있어 어떤 색은
설명할 수 없을 만큼 많고
허리는 누구에게 가 있는 것일까


거기서 나와
돌고 있은 지 한참이 지났어


떠오른다고 생각하면

다리가 길어지는 기분이 든다 어깨가 물렁해진다
웃음이 많은 사람은 어딘가 외로워 보여
곁이 너무 환해서 점점 더 어두워지는 오후

토마토가 끓고 있는 냄새로 뒤덮였어 뜨거워
그렇게 못 견디겠다는 생각이 들 때

떨어지기 직전의 열매를 만난다
뿌리와 잎이 가장 멀어졌을 때, 어제와 내일이 가장 멀
어졌을 때

툭

신기해
오늘이 오는 시간

# 나를 위한 편지

기린과는 멀리 있을수록 좋다. 도마 위에는 화살표들을 쏟아놓고, 오래 신은 발을 일부러 놓쳐볼 것. 다른 곳에는 다른 것이 있다고 믿겠지. (…) 다른 것은 이곳에 있다. 낡은 수첩의 다음 페이지를 넘길 때. 어제 입은 옷을 세탁기에 집어넣을 때. 아픈 팔을 기어코 어깨에 달고 있을 때. 그림자를 자주 보고, 뜀틀에 손을 짚고 두번, 세번 만에 넘어볼 때. 혹은 넘지 못할 때. 사과의 맛을 구별해낼 때. 누군가에게는 괜찮다는 말, 익숙한 것들을 실제로 말해볼 때. (…) 불 꺼진 복도에 불을 켜고. 고개를 돌린 사람과 마주보게 되고. 시계, 침대, 문, 계단이 열리면. 이곳에는 다른 것이 있다고 믿겠지. 시작은 언제든지 시작된다. 바보들이니까.

# 식탁에서

내게는 얼마간의 압정이 필요하다. 벽지는 항상 흘러내리고 싶어 하고
점성이 다한다는 게 어떤 것인지 보여주고 싶어 한다.

냉장고를 믿어서는 안된다. 문을 닫는 손으로. 열리는 문을 가지고 있다는 걸 잊어서는 안된다.

옆집은 멀어질 수 없어서 옆집이 되었다. 벽을 밀고 들어가는 소란. 나누어 가질 수 없다는 게

다리가 네개여서 쉽게 흔들리는 식탁 위에서. 팔꿈치를 들고 밥을 먹는 얼굴들. 툭. 툭. 바둑을 놓듯

# 캔들

궁금해
사람들이 자신의 끔찍함을
어떻게 견디는지

자기만 알고 있는 죄의 목록을
어떻게 지우는지

하루의 절반을 자고 일어나도
사라지지 않는다

흰색에 흰색을 덧칠
누가 더 두꺼운 흰색을 갖게 될까

아무렇지도 않은 얼굴은
어떻게 울까

나는 멈춰서 나쁜 꿈만 꾼다

어제 만난 사람을 그대로 만나고

어제 했던 말을 그대로 다시
다음 날도 그다음 날도

징그럽고
다정한 인사

희고 희다
우리가 주고받은 것은 대체 무엇일까

# 페인트

책상처럼 앉아서
네가 흘러내릴 때

나는 보고 있다.
닦지 않고 그냥 둔다.

방관자는 건너뛰고 있다. 사과와 하품, 이면도로를.
그 와중에 미끄러져버리는 타이밍을.

아주 좋은 집으로 고쳐줄게요.

벽에 문틀을 끼워넣고
철계단의 녹을 칠하면서
다음 집으로 이동할 때

마주치지 않는 방향을 두고. 방이 많을수록 닫힌 문이
많아진다는 걸 알게 되었다. 우리는 늘 하나의 방에서 살
았지만.

주인을 만나는 일이 어렵다는 것. 단 하나의 문마저도 남의 것이어서. 나는 더 많은 방을, 더 많은 문을 만들고.

세입자가 들어오기 전에 집을 비워준다. 책상처럼 앉아 있는 나를, 흘러내리는 나를, 닦지 않고 그냥 둔다. 공사를 마치고.

# 금요일


　모두 다 소풍을 가서 돌아오지 않는다 신발장엔 신발들
이 차곡차곡 쌓여 있고 머리맡엔 숨겨놓은 발이 있다

　파란 고추의 쓴맛
　쏟아지다가 더 더 쏟아지고 싶은

　빛이 지붕을 뚫고 바닥으로 파고드는 것을 본다
　나는 고백의 모형을 가지고 있다
　그것은 각이 진 초록, 베일 수도 있는 것

　삽이 없는 저녁에 작은 새를 들고 있는데
　죽어서
　발로는 땅이 파지지가 않는다 언 땅보다 더 딱딱해진 날
개는

　도착지를 모르는 대답들
　모두 다 소풍을 가서 돌아오지 않는다

　즐겁니

호주머니 속의 비행기도 날 수 있다고

갑자기 소나기가 내릴 때의 기분으로, 오랫동안 가지고
있었다

# 인디언 텐트

거인의 옷을 빌려 입고 맨발로 언 골목을 뛰어다녔다.

오랫동안 발견된 적 없는 소동. 나는 공중에 펼쳐져 있다. 오른손이 빨라지는 속도로 이곳은 안전하다.

거울은 칼날의 세계. 들판도 없고 복도도 없다. 쏟아질 수 없게 묶인 자루.

믿지 않아야 할 것들은 믿음의 형태로, 무덤을 짓고 있다. 빛 속에는 공허.

불빛들. 혼자 하는 말들. 그림자 속으로 그림자를 집어넣으면서. 다시는 그러지 않겠습니다, 읊조리면서.

고정되지 않는 문을 연다. 무너지는 것이 무엇인지 찾을 수 없을 때에도. 지퍼는 없다.

모두가 비밀을 움켜쥐고 있다. 노력으로 꽉 찬 나무들. 사람들은 이미 믿고 있는 것을 계속 믿고 있었다.

충만한 겨울.


　너무 많아서 모두 없어지고 있는데. 나는 더 큰 거인의
옷을 빌리기 위해 뛰어오르고.


　거인은 맨몸을 감추지 못하고 우두커니 앉아 있다.
우리는 더욱더 어려운 사람이 된다.


　초대한 적 없는
초록색 구름이 쏟아지는데.


　더 많이 경험한 사람이 더 많은 실수를 하지. 이곳에선
모두가 알고 있는 것. 아무도 말해주지 않는 것.


　이제껏 누구의 옷도 빌리지 못했다. 오랫동안
벗어나지 않는 연습이 계속되었다.

# 치료탑<sup>*</sup>

지도를 보며 찾아간 곳에는 없어진 건물이 있었다 무엇
을 결정하는 일은 시간 속에 허리가 잠겨 있게 한다

누군가의 얼굴을 죽도록 때리는 꿈을 꾸었어 너는 아침
마다 침대 머리맡에서 꿈 이야기를 듣는다

알람처럼
양털에 파묻힌 양의 얼굴

살아본 적 없는 시간은 일단 망가졌다고 생각했다 무릎
위에서 잠이 든 개처럼

미동 없이

밥을 먹기 전엔 기도를 잊지 않았다 볕을 쬐며 살아 있
는 것을 생각하면 떠오르는 것이 없었다

너는 사라져본 적 있는 외투로서 밥을 먹고, 버스를 타고
건물에 간다

뜨거운 볕이 잎을 망가뜨린다







* 오오에 켄자부로오.

# 아이에게

모았던 손을 풀었다 이제는 기도하지 않는다

화병이 굳어 있다
예쁜 꽃은 꽂아두지 않는다

멈춰 있는 상태가 오래 지속될 때의 마음을
조금 알고 있다

맞물리지 않는 유리병과 뚜껑을
두 손에 쥐고서

말할 수 없는 마음으로 너의 등을 두드리면서

부서진다
밤은 희미하게

새의 얼굴을 하고 앉아
창 안을 보고 있다

노래하듯 말하면 더듬지 않을 수 있다
안이 더 밝아 보인다


자주 꾸는 악몽은 어제 있었던 일 같고
귓가에 맴도는 멜로디를 듣고 있을 때


물에 번지는 이름
살아 있자고 했다

## 제 2 부

어떤 기억력은 슬픈 것에만 작동한다

# 질의응답

정면에서 찍은 거울 안에
아무도 없다

죽은 사람의 생일을 기억하는 사람
버티다가

울었던
완벽한 여름

어떤 기억력은 슬픈 것에만 작동한다
슬픔 같은 건 다 망가져버렸으면 좋겠다

어째서 침묵은 검고, 낮고 깊은 목소리일까
심해의 끝까지 가닿은 문 같다

아직 두드리는 사람이 있었다

생각하면
생각이 났다

# 수색

건네받은 악수에는 깨문 자국이 있다. 우리는 울타리 바깥에 있다. 잡지 못한다는 것은 놓지 못한다는 것. 우리가 다정하고 따뜻해질 때. 누군가는 거울 속을 파헤쳐 묻혀 있던 거울을 꺼낸다. 뼈에 안이 있다고 생각하면, 부러지지 못하는 여름. 하나의 자세로 의자는 두꺼워진다. 모험은 발밑에 있다. 파도를 밀어낼 수 없어서 휩쓸리는 파도. 흘러내리지도, 무너지지도 못하게 발밑을 막고 있다. 우리에겐 들고 다닐 만한 열쇠가 없다. 원하지 않는 방향으로 물길은 변한다. 다가오는 것을 거절하는 방식으로 계절은 계절과 만난다. 휘어지지 못하는 못이다. 가벽으로 만든 문이다. 깊이를 벗어나고 있는 흰 눈이다. 우는 발목으로 달려오는 한 사람, 손전등을 들고 있다. 웃고 있다.

# 적재량

옆방엔 신을 모신다는 사람이 살고 있다
비가 오는 날엔 손님이 찾아오지 않는다
나는 손님이 되어본 적 없고

꼬리가 휘어진 채 도망가는 고양이를 본다
너는 평생 이렇게 살게 될 거다
벽을 타고 건너오는 것들
얼굴을 만지면 얼굴이 만져진다

내가 키우던 고양이는
고양이 너머로 간다

모르는 사람의 과거를 본다는 사람
죄를 쥔 손을 등 뒤에 감추고
웃고 있는 사람

붉은 기운이 가득한 방 안에서
시간이 끊어져버린 걸 모르고 있다

얼굴 위로 얇은 이불을 덮으면
나는 조금 위로받는 기분이 된다

귀를 흔드는 물소리

이 집에는 아픈 사람이 있다
아픈 사람이 있는 집 아이는 슬픈 표정을 숨길 줄 안다

# 천국

같은 곳을 맴돌고 있으면 이곳에 남지 않는 법을 모르게 된다. 숲이 숲을 닫았다. 나무가 열매를 닫았다. 이 집엔 불이 들어오지 않는다.

큰불을 기다려. 멀리 있는 사람들도 돌아볼 수 있는. 모든 것이. 순식간에. 그런 말들을 기다려. 말 속에 숨어 있는 빛나는 눈을 기다려. 가라앉는 재. 부서지는 마음을.

너는 아직 돌아가지 못했다. 쏟아지는 물 안에 남아 있다. 이 집은 누가 지은 집인가. 거꾸로 펼쳐진 설계도에는 아무것도 남아 있지 않다. 닫혀 있는 구름. 닫혀 있는 소문. 빗장을 열면 누구나 볼 수 있다.

아직 보지 못한 것은 아직 보지 못한 것으로 남아. 꿈속에 있던 사람들은 자주 잊었다. 손바닥 안에는 잘린 빗금. 누가 알 수 있을까. 돌아보는 마음 같은 것. 고여 있는 물. 빗방울. 비가 내린다. 비가 내리고 있다.

네가 말해주는 것 같다.

상상해보지 않았던 장소에 발을 디딜 때. 너는 웃을까. 울게 될까. 이 집만이 네 집은 아니다. 천국은 여기에. 아주 멀리에. 쏟아질 때. 내가 쏟아지고 있을 때. 안아주는 가슴. 안아주는 팔. 차가운 흰 빛. 그렇게 사람들을 보고 있다.

여기에서. 몰래 갖게 되는 마음이 있듯이. 살아 있는 꽃. 너는 아직도 뿌리를 내리지 못하고 살아 있다. 차고 흰 빛 처럼 뿌리가 뿌리를 뻗을 때.

# 가정

도로 위에 버려진 벽돌들을 줍는다. 조각난 사각의 단단함. 집에 가져가본다. 울퉁불퉁한 주먹 모양으로 너의 얼굴이 변해 있었다.

버스는 떠나는 일을 하고 있다. 가장 멀어졌을 때 내리기 위해, 손잡이를 붙잡고 내내 서 있었다. 버스의 문이 옆으로만 열리는 건 정말 무서운 일. 계단이 계속 길어진다면.

벽이 모두 얼어붙어 있었다. 날카롭게 무너질 태세로. 책상 밑은 보이지 않는 곳이라고 우리는 서로 약속했다. 나는 꼿꼿하게 앉아 있다. 옆방은 울퉁불퉁한 곳.

버스가 돌고 있다. 며칠 동안. 흘러내리는 너의 얼굴이 바닥에 떨어지고 있을 때, 나는 딱딱하게 자라고. 가구들은 모두 문이 닫혀 있었다.

# 불 꺼진 고백

너의 말이 진짜라는 것을 믿고 싶지 않았다. 사람들이 아름답다고 하는 것에 마음이 간 적 없었다. 고요를 알기 위해선 나의 고요를 다 써버려야 한다고. 가두어둔 물. 멈춰 있는 몸. 움직이지 않는 손가락.

버티기 위해선 버틸 만한 곳이 필요했다. 눈동자가 흔들릴 때. 몸은 더 크게 흔들린다. 중심을 잡기 위해 비틀리는 몸짓. 거울이 나를 도와주진 않는다. 노크하기 직전의 마음을. 울 수 없는 마음을. 나는 불 꺼진 창을 본다.

# 온
천국 3


날지 못하는 새의 이름을
녹슨 나사
깨진 창문에 비치는 얼굴을

나는 없는 것에 대해서만 말했다

무너지고 있는 집에서
오랫동안 살면서

큰비가 올 것이라는 소문을 들었다

창밖을 보지 않기로 했다
얼굴이 벗겨질 것 같았다

죽은 비둘기떼의 펼쳐진 날개
뒤집힌 우산들이 쌓여 있는 곳

나는 하류로 가지 못했다

허리까지 차올랐던 물이
끌고 내려가는 것들을 생각했다


뿌리 뽑힌 풀들이 메말라 있어도
끊어지지 않는 볕


나는 이제 남아 있는 것들에 대해 이야기한다
남아 있는


큰비가 온다
나는 소문에서 가장 먼 곳으로 간다

# 오픈


의사는 아무런 이상이 없다고 말했다. 손을 묻어둔 곳은 덮여 있었다. 언젠가부터 양팔 사이로 뚝뚝 떨어지는 것들.


침대에 눕지를 못합니다. 예민한 눈동자가 많아요. 사다리를 오르지 못하는 사다리. 버려진 적이 없다는 건 버릴 수도 없다는 거예요.


꽃들이 모두 피었다. 피고 있는 꽃은 없었다. 몸에 손을 넣어도 손가락은 부러지지 않는다.

손으로 밥을 먹고, 손으로 등을 쓰다듬고, 손으로 얼굴을 매만지는 일. 이런 게 가능해서 새벽마다 해가 노랗게 뜬다.


그때부터 참을 수 없게 되었다고. 말을 하면, 말을 시작할 수 없게 되어서.

팔월은 이월을 볼 수 없고 저수지는 이제 얼지 않는다. 다리 밑을 걸어가는 사람도 있다.

오지 마라 오지 마. 옆집 개가 짖고 있다.

남의 꿈을 꾸느라 한번도 자기 꿈을 꿔본 적 없는 사람도 있어. 광장처럼 공중을 헤매는 꿈. 헤매다가 아무 데서나 열리는 꿈.

동물원 안의 철길, 벽장 위의 압정, 카디건 밖의 슬리퍼, 잘린 머리카락. 사실은 내가 네 옆에 있었어.

방 안에서도 바짝 마를 수 있다고. 마른다는 것과 언다는 것이 다르지 않다고. 몸을 둥글게 말고 굴러가는 하얀 토끼들.

# 램프

망가진 주술들이 쌓여 있다
앞니가 빠지는 꿈을 자주 꾸었다

뒤집힌 그물을 다시 뒤집다가
정면을 잊는다

영혼이 마주하고 있다고 생각하면
건너편의 마음이 된다

사람들에겐 기도하는 습관이 생겼다

무수히 많은
노란 리듬 때문

구부러진 앵무새의 코

안전선은 익숙하게 경고한다
살아 있다는 생각 같다

여름은 요약도 없이
자라서 죽는다

침대 속에 숨겨둔 것을 모두 꺼내두고
어제와 오늘을 잇지 않는 방법을

강에는 교각만 놓여 있다
밤을 밤에 두고, 낮을 낮에 두는 것처럼
관람차가 돈다

구한 적 있는
소원

뭉친 솜을 풀고 있다

# 굳은 식빵을 끓여 먹는 요리법

칼끝이 휘어져 있다
부러지지 못한 구름이 멈춰 있다
풀어지는 법이 없는 차가운 아침

가장자리는 가장 먼저 변하고
나는 가장자리의 기도를 들으며 식탁에 앉는다

너의 안쪽 표정은 만져본 적이 없는 것 같은데
주머니 없는 소문을 입고 있다

오른쪽으로 누워 있는 사람은 계속해서 오른쪽으로 누
워 있을 수밖에 없다고
그래서 사람들이 울었다 오른쪽도 왼쪽도 필요 없다고

나는 속도를 맞추지 못하는 버릇으로
목소리를 찾고 있다 새파랗게 사과가 익어간다

부드러운 우유와 설탕이 녹을 수 있는 온도
한순간을 태워버리지 않는 용기로

굳은 식빵을 끓여 먹는 요리법

나는 매일 연습하고 있다
어제와 다른 맛이 난다

# 치료자들

벽 가운데 가위가 걸려 있다
가위는 벌어져 있다
가위는 팽팽하게 바닥을 향하고 있다

예민한 한사람과 무신경한 한사람
우리는 같은 침대에 누워 있다

촛농 속에는 촛농이 있고
칼 없이도 사라질 수 있었다
촛농 속에 숨겨둔 것이 무엇이든

반복과
너무 많은 반복 사이에서

반쯤 감은 눈은 반쯤 뜬 눈
우리는 깨어 있지만
등이 구부러지는 이유를 알지 못했다

차갑거나 뜨거운 양손

많이 사용한다고 해서 따뜻해지는 것은 아니듯이

우리는 밝은 방 안에 있다
회복이 반복되는 것이 무서워졌다

# 조언

　벽돌 안에는 아무것도 없다 그림자를 빛으로 생각한 적
이 많다 어제의 날씨는 아주 오래전에 지나간 일 같고

　멀리 있는 단어들을 느닷없이 만나게 되는 날이 있다 적
도 생몰연도 부탁 비스킷 소원처럼

　누군가는 계속해서 문을 열어놓는다

　울퉁불퉁한 기침과 기울어진 이불 위
　노란색으로 된 달력을 갖게 될 때까지
　모과 냄새는 썩지 않는다 잠깐이라는 말을 모른다

　네가 붉은빛 금붕어의 얼굴로 듣고 있어서
　오늘은 더 많은 말을 할 수 있을 것 같다

　동물원 퍼레이드 바이올린 두발자전거
　그림 속 개구리들이 점점 더 짙은 색으로 변하고

　큰 옷은 내일 입고 싶다고 말하게 될 때

아프다는 말을 자주 들었다

그건 자연스러운 일이지

정면에는 흐르는 나무가 있다
가끔은
나를 좋아하고 싶은 마음이 들기도 했다

# 구월

당분간
슬픈 시는 쓰지 않을게

영혼을 드러내려고 애쓰지 않을게

액자 안의 그림이 무엇이었는지
말하지 않을게

밝은 것을 견디지 못하던 사람이
어두운 것을 견디게 될 때

커다란 양초와 과자 상자
챙이 넓은 모자를 들고

어쩔 수 없다고 생각하지 않을게

최초의 미로를 만들었던 사람이
혼자 있다가
안으로 들어갔다고 쓰지 않을게

밖에 오래 서 있다
그러다 돌연히

다짐했던 말들을 기억하지 못하고

태어나길 그렇게 태어났다고
계속 믿고 있었지

정말 아닐까
두 손으로 얼굴을 가리면

갑자기 끊겨버린
노래의 뒷부분이 생각났다

# 빛의 역할


너는 가장 마지막에 온다. 차오르지 않는 빈 몸으로 온다. 싫다고 말하면 돌아서는 사람들과 있었다. 계단에서 발을 헛딛고 주저앉는 사람들과 있었다. 팔짱을 끼고 입을 삐죽이며 안간힘을 쓰고 있을 때. 저기 저 숲에서는 수천 마리의 새들이 날개를 접고 앉아 있다. 누가 먼저 울음을 멈추는지 보려고 했다. 멈춘 창문. 멈춘 식탁. 손을 잡고 있는 손.

우리에겐 영혼이 없다고 말하는 사람들과 있었다. 아무렇게나 여름을 건너려는 사람들과 있었다. 무너지고 있는 집 안에 들어가 깨진 물건들을 함부로 만졌다. 아무것이나 붙잡고 매달리고 싶어 하는 두 팔. 습기와 슬픔이 구별되지 않는 팔월. 매일 같은 자리 같은 공간에 있었다. 튀어오르지 못하는 공은 구르다가도 멈춘다. 그렇다고 하더라도.

자기 기도에 얽매이면 안된다고. 마지막은 늘 그렇게 끝났다.

# 토마손[*]

계단이 없는 육교 위에 서 있었다

세살 때 돌아가셨다는 외할머니의 얼굴이
기억나지 않았다
분명 본 적 있는 얼굴일 텐데

다리 밑엔 횡단보도 표지판이 있었다
강물을 횡단하는 강물을 보았다

어제 일은 잘 기억나지 않는데
이년 전에 들었던 말은 어제 일처럼 기억이 났다

나를 보면 뭐가 보여?

건너편 건물 이층엔 현관문이 있었다
창문들 옆에 나란히
누군가 한번쯤 열어보고 싶어 했다면
그건 나였을 것

오늘 날씨는 예전에도 겪은 적 있는 것 같다

공중에 매달린
없어진 식당의 간판

그리고
닫힌 계단
쏟아진 계단
닿아 있는 계단

세상에서 가장 쓸모 있는 것이라는 듯이
너무 많은 계단이 이상했다

매일
처음 살아보는 날이라는 말도


* 토마손(トマソン)은 건물의 개보수를 반복하는 과정에서 의도치
  않게 만들어진 쓸모없는 건축물을 이르는 말.

## 제 3 부

무엇이 만들어질지 모를수록 좋았다

# 문턱에서

요가학원에 갔다가
숨 쉬는 법을 배웠다

가슴을 끝까지 열면
발밑까지 숨을 채울 수 있다
숨을 작게 작게 쉬다보면
숨이 턱 밑으로 내려가지 못하게 되면
그러면 그게 죽는 거고

나는 평평한 바닥을 짚고 서 있었다

몸을 열면
더 좋은 숨을 쉴 수 있다고 했다
나는 몸을 연다는 게 무엇인지 몰랐지만

공중에 떠 있는 새의 호흡이나
물속을 헤엄치는 고래의 호흡을 상상해

숨이 턱 밑으로

겨우겨우 내려가는 사람들이 걸어간다
숨을 고를 겨를도 없이
두 눈은 붉은 열매 같고

행진을 한다
다 같이 모여 있다

숨을 편하게 쉬어봐
좀더 몸을 열어봐

나는 무언가 알게 된 사람처럼
유리문을 연다

# 아홉번째 여름


아직도 흰나비떼가 있어
아홉번째 여름이야

지퍼가 잠길 때
틈새는
녹으면서 없어졌다

열 수 있는 곳이 없는데
대체 어디로 들어오는 거지?

몸 안을
나뭇가지로 가득 채운 사람
벽돌로 가득 채운 사람
수수께끼로 가득 채운 사람

세사람이
공원 벤치에 앉아
뒷목을 긁적이고 있다

무언가 자꾸 튀어나오려고 해

똑같이 중얼거리고
똑같이 중얼거리느라 듣지 못하고

# 트리거

여름을 건너면서 싸이렌을 들고 뛰어가는 사람
깨진 그림자 조각을 밟으며 소리치고 있다
어떤 일들은 영원히 사라지는 법 없이
공기 속을 떠다닌다
호흡의 끝에 매달려 여기에서 저기로
대대로 이어져오는 악행과 같이
손목을 붙잡고 놓아주지 않는다
나는 문 옆에 서서 스위치를 꺼버리곤 했다
어둠 안에서 평안을……
노래하듯 말하고 말하듯 노래하면서
감출 수 없는 마음들을 감추고 싶다고 생각하면서
작물 옆에 기어코 자라고야 마는 잡풀처럼
구름이 커지는 것을 본다
보이지 않는 것은 사라질 수 없다는 것
가끔씩 영혼이 얼굴 위로 지나갔다

# 나의 고아원

신발을 놓고 가는 곳. 맡겨진 날로부터 나는 계속 멀어진다.

쭈뼛거리는 게 병이라는 걸 알았다. 해가 바뀌어도 겨울은 지나가지 않고.

집마다 형제가 늘어났다. 손잡이를 돌릴 때 창문은 무섭게도 밖으로

연결되고 있었다. 벽을 밀면 골목이 좁아진다. 그렇게 모든 집을 합쳐서 길을 막으면.

푹푹, 빠지는 도랑을 가지고 싶었다. 빠지지 않는 발이 되고 싶었다.

마른 나무로 동굴을 만들고. 손뼉으로 만든 붉은 얼굴들. 여러개의 발을 가진 개.

집으로 돌아올 수 있다는 말이 이상했다. 집을 나간 개가 너무 많고

그 할머니 집 벽에서는 축축한 냄새가 나. 상자가 많아서

상자 속에서 자고 있으면, 더 많은 상자를 쌓아올렸다. 쏟아져내릴 듯이 거울 앞에서

새파란 싹이 나는 감자를 도려냈다. 어깨가 아팠다.

# 천국 2

울음이 이마를 밀어낸다. 공원은 차가워졌다.
납작한 배가 물속을 지나가듯 신발들이 지나간다.
고요 밑엔 더 큰 고요가 있다고 믿었다.
믿기 위해선 믿을 힘이 필요했다.
나는 뒤집힌 채로 앉아서.

평안이나 안식처럼 멀리에 있는 단어들을 우물거렸다.
믿을 힘을 기르는 사람이 되어야 한다고.
그렇게 되어가고 있다고.

나는 다시 편지를 쓰는 사람이 되려고 했다.
편지들을 모아놓은 상자를 열어보았다.
내게 편지를 받은 사람들이 보내온 수북한 답장들.
모두 내게 미안하다고 했다.
답장이 늦어서 미안하다고 했다.
그것 말고는 없었다.

수십통의 편지들: 읽어볼 수 없는 문장.

의자가 되지 않으려고 버티는 발끝.
아무런 맥락 없이 뜯어지는 왼팔과 오른팔.
흔들리지 않는 것은 더 크게 슬픈 일이다.
무너지려고 벽은 몸을 비튼다.

겨울에도 녹지 않는 얼음과 같이,
미안하다는 말을 먼저 하는 사람의 그림자와 같이,
제 몸의 악취를 맡지 못하는 개의 후각과 같이.
문 닫은 기차역에 서서, 기차를 기다리면서.

그러면 다시 처음부터 시작되었다.

# 목제 숲

양손에 색이 다른 단추를 쥐고 있다
구름은 얼어서 투명해지고
망설이지 않는 손을 갖고 싶은 저녁

집이 가까워지면 무언가 타는 냄새가 나곤 했다
돌아보면 아무것도 없었다
나무나 짐승 혹은 밥의 냄새가 아니었다

나는 붉은 가방을 메고 지붕 위로 올라가 지나가는 사
람, 닮은 사람, 뛰어가는 사람들을 구경하고
사다리를 숨겨두었다

펼쳐진 식탁보
달아나지 않기 위해선 가만히 있으면 안된다고

수련회에 갔더니
잘못한 일들을 종이에 적어보라고 했다
친구들이 울면서 무언가 적는 것을 보았다

그것을 주머니에 넣고 함께 모인 친구들과
둥글게 돌면서 노래를 불렀다

불 속에선 무언가 타고 있다
모두가 웃으면서 박수를 치는데
내 손은 퉁퉁 얼어 있었다

# 정결

구부러진 말을 깊게 묻어둔 얼굴. 매일 비틀린 침대에서 잠이 든다. 고백은 얼룩 같고. 가라앉기 위해 돌을 모으는 손.

나는 한 방향으로만 가는 눈과 귀를 가졌다. 점점 더 제어할 수 없게 될 것이다. 부풀어오르는 식빵을 뜯으며

듣고 있는 사람이 없는 이야기를 할 때. 그것은 진심과 멀어지는 진심. 뿌리가 아래로 흐른다. 점액처럼, 불길한 꿈처럼.

나는 깨끗한 손을 본 적 없다. 뼈와 칼을 구분할 수 없다. 둥근 탁자와 둥근 무덤.

거울이 잠깐씩 놓치는 것. 슬프고 비참한 것.

진창이라면
늪에 빠졌다면

도와줄 수 없다는 말과 도와달라는 말을 반복해서 듣는다. 내가 했던 말들이 쏟아진다.

　발목에서 무릎, 허리까지 차오르는 물살. 수초에 걸린 새의 발. 다 담을 수 없는 그릇.

　덤불을 걷으면 덤불이 나온다. 나는 녹지도 얼지도 않고. 무너지지도 못하고.

# 목화

지금 이곳의 사람들 말이야
알아볼 수 있겠어?

하얗게 부풀어오른다
날아갈 수 있을 것만 같다

질문하는 사람은 질문에 대해 알지 못하고
나는 옛날 일은 잘 잊는다

멀리 갈 수 있을 것만 같은 기분이 들 때
얼굴이 무거워지는 것은 모른 척하기로
걸음 뒤에는 발자국이 반만 남곤 했다

선물을 한다면
물에 젖지 않는 새의 깃털을

무엇이 만들어질지 모를수록 좋았다

어떻게 버려야 하는지 알 수 없는 물건을

오래 가지고 있던 마음과 같았다

나를 지워도 다 지워지지 않았다
하얗고 선명하게 남아 있었다

전부를 맡긴다는 것은 처음부터 불가능하지

나만 알고 있어야 하는 악한 일들에 대해
계속 말하고 싶었다

웃으면서 헤어지고 나서는
뒤도 돌아보지 않았다

# 가까운 사람

줄을 잡아당기는 손. 붉은색 노끈. 키우던 개를 나무에
매달고 집으로 내려가는 뒷모습을 가진 사람.

개의 발바닥은 검은 것. 검은 심장. 제자리에서 뛰고 있
는 것은 아침뿐이다. 나는 나무 옆에 앉아 먼 눈동자를 보
고 있다.

어깨가 굳고. 아무도 혼자서는 굳은 어깨를 풀지 못한
다. 까마귀, 무덤, 우는 사람. 그런 것은 없었다.

너는 다시 올라와 줄을 끌며 내려간다. 본 것과 겪은 것
사이에서. 나는 계속 매달려 있는데.

이웃집 사람들이 모인 식탁 아래. 웃지 않는 사람이 없
었다. 저녁은 검고, 저녁은 느려진다. 해가 다 지기도 전에.

네 손금이 복잡한 게 내 탓은 아니잖니.

죽은 시신과 묶어놓는 형벌을 생각하며. 나는 손바닥을

만지작거렸다.

　나무는 유리창 같고. 펄펄 끓는 냄비.

　계란이 하얗게 굳어 있다. 그것을 맛있게 먹는 우리는.
껍질을 쉽게 깨는 손.
　주먹을 움켜쥐는 버릇을 버리고 싶다.

# 생일 편지


　정신을 똑바로 차려. 그러면 잠이 쏟아진다. 발이 무거워지고 있다는 것을 알고 있다.


　아스팔트가 녹고 있어서. 긴 장화를 샀다. 비가 오지 않은 지 오래되었다. 한번 사라진 계단은 다시 나타나지 않는다. 철제 사다리를 어깨에 메고 한참을 걸었다.


　'목적지를 정하면, 도착할 수 없게 된다.'


　가지고 있던 지도에 쓰여 있던 말. 나는 백색 지도를 보고 있다. 주머니에 구겨넣자 주머니가 터져 버렸다.


　시작을 시작하기 위해선 더 많은 시작이 필요했다.
　베란다의 기분. 축하 이전으로 돌아갈 수 없다는 것.


　틀렸어. 틀려도 돼.
　하얀 목소리가 벽에 칠해진다.


　발이 더 무거워졌다. 그만두고 싶다고 생각했을 때.

너는 무서워하면서 끝까지 걸어가는 사람.
친구가 했던 말이 기억났다.

# 꽃병

네 손에서 꽃병이 깨진다 흰 꽃병이다
그네는 흔들린다 지진 없이
먼 곳에서 그을음이 흘러왔다
그을음이 벽을 가뒀다
집이 벽에 갇혔다 불난 곳 없이
벽에서 벽으로 번져가는 검정
긁으면 긁히는 마음처럼
안에 있는 것이 보였다 그것에 마음을 두었다
투명함 속에 투명함이 있듯이
흔들린다는 것의 힘을 믿었다
그네에는 줄이 있고 줄에는 기둥이 있다
겁먹은 표정들
두려워 떠는 손등 위에도

깨진 꽃병을 달라고 했는데
너는 줄 수 없다고 했다
꽃병이 깨져서 줄 수 없다고
두 손을 돌 속에 감췄다
필요한 것을 원하는 마음을 갖게 될 때까지

바람이 솟구치고
흙이 떠올랐다 가라앉았다
나는 오랫동안 서서 기다린다
나의 깨진 꽃병을

# 파고

두 손은 먼 곳에 있다. 울지 못하는 사람이 있다. 너는 처음부터 모른다고 했다. 슬픔을 알지 못한다고 했다. 우리가 알지 못하는 것을 알게 될 때까지.

슬픔이 숲에 가득 찬다. 숲을 보고 있다. 거대한 바위를 보고 있다. 바위 속에 있는 바위를. 바위 속에 있는 슬픔을. 씨앗을 꺼내려면 열매를 부숴야 한다.

웅크리고 앉아서 뭐 하고 있어?
그냥 혼자 있어요.

우리가 자주 하던 말
우리가 자주 듣던 말

너의 눈빛은 돌 같아. 바위 같아. 그 안이 다 보인다. 집 안에서도 비를 맞고 서 있었다. 흠뻑 젖은 내가 너에게는 보이지 않는다.

우리는 자라서 시체가 될까

제대로 말하는 법을 배우고 싶어

열차는 제시간에 맞춰 출발한다.
열차가 지나가면 우리도 지나갈 수 있겠지
각자의 목적지로, 반대 방향으로.

# 정전

목조 계단에 앉아 있었다
오랫동안 빛에 휘둘린 얼굴이었다

무덤덤한 마음 안쪽에서
찢긴 것들이 쏟아져나왔다
돌보지 않고 끌고 온
썩은 나무토막 같은 것

매일 모르고 살겠다고 결정하였다
결정을 반복하고 반복하면서

그러면 믿게 된다

검은 연기를 가둔 창문에겐
연기를 내뿜는 것과 연기를 견뎌내는 것
무엇이 더 마음 편할까

혼자 있을 때의 표정을 들킨 줄도 모르고
얼굴을 통과하지 못하는 대답들을 늘어놓고서

트럭과 사과

비틀리고 뒤집히고 모른 체한다


전부를 알았다 해도


문 앞에 누운 개는 흰 눈을 뜨고 있다

앵무새의 창은 앵무새에게로 열려 있다*


* 앙리 미쇼 「단편들」.

# 가족의 색

폭력은 밝은 곳에서 벌어지기도 한다
햇빛이 잘 들어오는 집에 살았던 적도 있다

보이는 것도 흰 것이고
보이지 않는 것도 흰 것일 때

겹겹의 백지처럼
어두운 곳엔 없는 기도를 했다

알고 싶지 않은 것을 알게 되면
어른이 될까

받고 싶지 않은 편지 뭉치를 받아들고서
아침에 눈을 뜨고 다시 눈을 감을 때까지
매일 그게 궁금했다

편지를 읽은 후엔
그다음엔

따뜻한 우유를 두 손에 감싸쥐고
울지 않아도 될까

잎이 다 타버린 나무처럼
앉아서

편지를 열고
첫 문장을 읽는다

가라앉지 않으려고 애쓰면서도
침대의 밑, 겨울의 끝에 대해 생각했다

깨지기 직전의 시간을 모자처럼 눌러쓰고
얼굴 끝까지

마구잡이로 쌓아올린 그릇들

더 깊은 얼굴이 되면
따뜻한 손을 갖게 될까

지우고 싶지 않은 것들 사이엔 반드시
지우고 싶은 색이 있다

가족의 색
가족의 문
가족의 반성과 가족의 울음 가족의 일상 가족의 방식 가
족의 손과 가족의 얼굴 가족의 정지
그리고 가족의 가족

알약은 깊은 곳에서 녹는다
녹는 곳엔 바닥이 없다

이것이 마지막 말이다

얼굴에 그린 그림을 가면처럼 쓰고 있던 아이들이
다 지워질 때까지

# 나의 문

세상이 끝나고 있는데
캄캄하지도, 축축하지도 않다

너의 이미지를 엿본 적 있다
고독 없이

물병을 들고 물을 마시는 사람

공원은 모두를 위해 거기 있는 것이 아니다
누군가는 구두를 보며 걷는다

절박한 질문을 손에 쥐고 있어도
일주일이면 희미해지듯

가장 나중이 되어서야
떠오르는 단어

자주 입을 다무는 사람도
소리가 나지 않는 문도 있다

나는 재미없는 것만 기억한다
끝나는 것을 끝까지 본다

## 제 4 부

부서지고 열리는 어린잎을 만져본다

# 시집

내가 맛보는 물은 바닷물처럼 따스하고 짜며,
건강처럼 머나먼 나라에서 오는군요.
—실비아 플라스 「튤립」

굴레도 감옥도 아니다
구원도 아니다


목수가 나무를 알아볼 때의 눈빛으로
재단할 수 없는 날씨처럼


앉아서


튤립, 튤립
하고 말하고 나면


다 말한 것 같다


뾰족하고 뾰족하다


편하게 쓰는 법을 몰랐다
편하게 사는 법을 모르는 것처럼


기대하는 모든 것을

배반해버리는 곳으로 가려고

멀고 추운
나라에서 입김을 불고 있는 너는
알고 있을지도 모른다

마음에서 시작된다는 건 정말일까
한겨울을 날아가는 벌을 보게 될 때

투명한 날갯짓일까
그렇다면

끔찍하구나
이게 전부 마음의 일이라니

# 옥수수의 밭

따지 않은 옥수수가 밭에 가득하다. 밭이 눈앞에 있다.
밀의 밭, 보리의 밭, 토마토의 밭.

날씨는
가만 보면 각자의 테이블 밑을 통과하고 있다. 엉뚱한
자세를 보여주기도 한다.

옥수수의 밭엔 옥수수가 있다. 토마토의 밭엔 토마토가
있다. 밭에는 아무것도 없다.

아무것도 없는 밭 안으로 들어가는 게 너무 어려운 일이
될까봐 호미와 낫을 주워들고
내가 나를 흉내 내면서, 점심을 먹고 저녁을 먹는다.

누군가 저쪽에서 추수를 하고 있을 거야. 추수를 끝내고
밭을 태운다. 가지고 있다고 생각하던 것을 버리기 전에.

# 절벽과 개미

테이블 모서리에 서 있다. 다리가 녹고 있는 기분이 든다. 우리의 매혹은 떨어져나간 날개 같은 것, 혹은 혼자 굴러다니는 구름에 있지만.

우리는 유인되는 발을 가졌다. 길이 뒤집히는 법은 없다. 길은 발밑에만 있고. 여섯개의 발은 똑같은 방향으로만 간다. 절벽은 뛰어내릴 수 없는 발이다.

뒤집힌 얼굴을 보는 것이 좋아. 들고 가야 할 것은 항상 테이블 위에 있고. 내가 죽으면, 우리가 우리를 들고 갈 테지만. 똑같은 길로 똑같이 걸으면. 여섯개의 다리는 하나의 몸통으로 연결되고.

바싹 마른 날개를 서둘러 들고 간다. 더 잘게 부서지는 장면을 놓치고 싶지 않다. 위험해서 돌아다니는 늙은 개미들. 우리는 계속해서 연결되고 있다.

# 식물표본집

풀숲에서
나는 피클병을 들고 서 있다 이제 막 궁금함을 가진 사
람이 되어 투명한 잎을 찾고 있다

집에서는 한사람씩 투명을 흉내 내고 있었다 둥글게 떠
오르기 위해 쏟아내는 말들
썩은 나무토막을 들추면 연한 살갗의 애벌레들을 볼 수
있다

나는 풀숲 안으로 들어가 앉는다

가장 좋은 장소에 숨은 물고기처럼
뒤집힌 비행기처럼

이곳이 마지막 장소야
펄펄 끓는 식초 냄새

주머니 속엔 작은 핀셋이 들어 있다 흙은 맨발을 벗겨
낸다

가만히 알 수 있었다

식물의 끝에는 하얗고 부드러운 뿌리가 있다

# 선잠

나아졌다고 생각했다. 달라진 것이 있다고. 어색하고 웃
긴 모자를 쓰고 있었다.

의자에겐 유독 닳는 다리가 있다. 나사가 다 빠져버리는
날이 올 것이다. 나쁘다고 말하면 정말로 나쁜 사람이 되
어 있듯이. 날은 흐리고.

잠 속에 있었다. 놀이터에는 그네만 있다. 빈 화분들이
골목길에 나와 있다. 하나의 출구를 닫아야 했는데.

바람이 세게 불어도, 날아가지 못한 잎은 남는다. 나쁜
일을 말하면 더 나쁜 일이 될 것 같아. 말을 아끼는 사람이
될 때. 불 꺼진 전등이 머리 위에 있고.

감은 눈을 뜨면 모든 것이 처음으로 돌아가 있다. 감은
눈을 떠도 깨어나지 못했다. 두 발이 뜨거운 물속으로 들
어간다.

알 수 없는 이유로 화를 내고 소리를 질렀다. 감춘 것이

없는데. 옆얼굴을 무는 개. 잘린 그림자를 보게 되는 날이
많고.

착하고 성실하게 살고 있다고 믿었지만.

주위를 둘러보면 깨어 있는 사람이 없었다. 햇빛이 이곳
에 고여 있다.

# 오늘의 일기

우산이 없는 날엔 비가 옵니다 어릴 때부터 그래 왔어요 열어보지 않은 상자가 집 안에 가득합니다 진짜로 비어 있을 것 같아서 모아두었어요

세시에는 일곱시, 아홉시에는 두시를 가리키는 시계가 있습니다 벽에는 내가 걸었지요 아침에 일어났을 때, 한번도 아침을 가리킨 적이 없어서 마음이 놓입니다 우리 집은 조용합니다

나는 집을 닮고, 창문이 되어갑니다

옆집에도 사람이 살고 있습니다 우리는 인사성이 어둡습니다 한번도 말을 해본 적이 없어요 말을 먼저 걸지 못해서 우리의 관계는 지속됩니다 같은 대문을 쓰고 같은 물을 마십니다 옆집은 조용합니다

모든 사람을 유령처럼 볼 수 있어서 안경을 벗고 다녀요 누군지 몰라서 긴장됩니다 모두 그렇게 스쳐 지나가기를 잠자리에 누워 기도합니다 작게 웅크린 나의 그림자는 벽

을 건너, 주차장으로

밤은 어제보다 더 커져 있네요

# 비정

처음도 없고 끝도 없다
멀어지는 것에서 멀어지면서

너는 작고 분명한 나사를 찾고 있다
나는 크고 뭉툭한 해머를 들고 있다

울고 있는 사람을 똑바로 쳐다보는 눈

그것은 빛나고
그것은 무서운 눈

울음 안에 있는 것을 보지 않는다

네가 먼저 잠들고, 내가 잠들지 못할 때
불 꺼진 자리에 내가 앉아 있어야 할 때

나는 어둠속에서
감은 눈을 보고 있다
태어난 이후 어느 누구도

알려주지 않았다

너의 물건으로 둘러싸여 있는 너는
나의 물건으로 둘러싸여 있는 나는

계속해서 반대쪽을 향해 말하고
우리는 점점 더 다른 사람이 되겠지

안에서 잠가도 잠기지 않는 말
마음을 정하는 것과 상관없이
어떤 문장은 남는다

네가 울더라도 나는 네 옆에서 잘 수 있어
네가 하는 말이 간혹 들릴 때
나는 여러가지 방법으로 감 꼭지를 자른다

하얀 접시 위에
잘 잘린 감을 내어놓는다

# 물컵

얼음이 달라지는 소리를 들은 것 같다
여름이었고

집에선 화분 썩는 냄새가 났다
나는 하루 동안 뭘 먹었는지 매일 노트에 적었다
일정한 규칙도 기준도 없이
끔찍하다고 말했다

어항 속 물고기는 이제 한마리 남았다
꼬리를 흔들며 앞으로 가는 물고기

고인 물에 살았다
살던 곳에서 죽었다

어떤 날엔 지나가며 들었다
엄마가 아이에게 어항 속 금붕어를 가리키며 하는 말
저거 봐, 생선이야 생선

나는 바다에서 죽은 물고기가

가라앉는 시간을 생각했다

비늘이 벗겨지고
살이 다 떨어져 뼈만 남을 때까지
가라앉기만 하는 물고기에 대해
정지될 순간만 기다리는 지느러미에 대해

파도가
익살처럼, 유머처럼, 우스갯소리처럼 밀려오는 것을 본다
웃는 얼굴로도 마음이 감춰지지 않았다

물 한컵을 마셨다

# 까마귀와 나


우리는 잘 잘린 얼음처럼 미끄러진다.


검정과 바꿀 수 있는 빛깔을 찾아보자고 약속했었지. 너는 날아갈 준비를 하고 있다.


한 사람이 물에 빠진 자기 발을 꺼내지 못해 쩔쩔매고 있을 때. 우리는 그 옆을 지나쳤다. 그의 검은 신발. 너의 검정은 그런 것이 아니다.


씨앗이 전부 썩어버린 빈 밭에 서 있는 것이 네가 아니듯. 겹겹의 그림자를 찢고 있는 것이 네가 아니듯.


너는 나를 믿는다고 했다.
귀가 밝아 슬퍼지는 마음처럼, 나는 찾은 적 없던 것을 찾게 될 것 같다. 머뭇거리면서, 계단을 뒤적이는 손끝.


연못엔 금붕어가 부케처럼 모여 있고. 정원엔 감춰진 것이 많다.

너의 검정은 절반의 통로. 안도 바깥도 아닌 자물쇠 틈에 있다. 누군가 불길한 팔을 뻗을 때, 간결하고 간소한 마음이 되는 것.

우리는 부서지고 열리는 어린잎을 만져본다.

# 호칭


지금은 물에 갇혀 있다


무릎을 움직이면 물도 움직이고, 어깨를 움츠리면 그만
큼 따라붙는다
한방울의 틈새도 없을 것처럼


물고기 뼈들이 바닥에 깔려 있다 발끝에 닿을 것 같다
수초는 계속 흔들리는 중 가려주지 않는 중


이곳에서는 어떤 소리도 크게 울린다
빈 열쇠를 찾는 손의 기척
녹물이 떨어지는 뺨


아가미로 숨 쉬는 법을 배우기도 전에
알을 찢고 나오는 물고기를 본다
조개껍데기가 하얗게 가라앉고 있다


그래서
지금은 푸른색 긴 바지를 입고

물갈퀴가 돋아나고 있다

건너가려고, 건너가려고 하는 중이야

유리벽은 투명하고 바깥이 너무 잘 보인다
다른 원인은 생각할 수 없다

# 구부러진 싸인

옆에 앉은 사람은 미리 앉아 있다 소매를 접으며, 지금
부터 도착하려는 듯이
　나는 아직 앉지 못하고 있다
　비행기는 넘어간다 구름이 뒤집힌다

　지나가면서 하는 말이
　들린다
　어제 듣던 말보다 가깝다

　페달에는 체중이 실려 있고 눈앞에는 내리막길이 있다
브레이크는 모르는 것
　나는 아직도 앉지 못하고 있는데

　신호를 알아차리면 앞을 보는 표정이 생겨나
　단체 사진
　웃는 사람이 없어진다

　열차는 흔들린다 손잡이를 잡고 있어도 어깨가 어긋나
고, 어긋나고 다시 맞춰지는 경쾌한 느낌

좋아하고 있다 지금이 부풀어오르고

아무도 미리 태어나지 못했다
오늘이 오늘을 낳는다

# 프리즘


나에겐 멈출 수 있는 방법이 없다


빛 소리 신호 빛 소리 신호
주문처럼 외워도 하루가 쉽게 지나가지 않는다


생소하고 어려운 단어를 찾고 있다
달아나지 못하는 마음을 더 붙잡고 싶다는 듯이


너는 잊을 수 없는 눈빛을 가지고 있었고
마음이 다른 마음에까지 겹치고 쌓이는 것을
나는 어쩌지 못했다


물은 흐르는 것이 아니라
밀리고 밀리면서 터져나가는 것


자꾸 말하다가 익숙해져버린 이름들
반복이 망쳐버린 생활이 있듯이


증폭되고 증폭되는

빛 소리 신호 빛 소리 신호

좀더 알맞은 단어를 찾아야 한다
설명해야 한다

# 두번의 산책

마지막 주말에
너와 나는 공원을 걷고 있었다
자전거를 탄 사람들이 빠르게 지나쳐갔고
우리의 산책은 곧 끝날 것 같았다
이 공원의 끝에 무엇이 있는지
내가 알고 있었기 때문에
흰 개가 꼬리 치며 달려왔다
주인이 보이지 않았다
우리는 반대 방향으로 걸었다
남의 개를 함부로 만지지 말 것
우리는 서로에게 너를 믿는다는 말을 하기 시작했다
믿음이 풍선처럼 부풀어오른다
길 위에서 죽은 뱀을 함께 보았다
뱀의 죽음은 백색이었고
온몸이 뒤틀려 있었다
그림자를 밟고 있지 마
사람들이 같은 방향으로 걷고 있는데
끝까지 가려는 것인지는 알 수 없었다
처음과 끝이 있다는 건 모두에게 공평해

누가 하는 말인지 보려고 고개를 돌렸을 때
뒷면을 모르는
공원의 끝에 흰 개가 있다

# 여름의 발원

한여름에 강으로 가
언 강을 기억해내는 일을 매일 하고 있다
강이 얼었더라면, 길이 막혔더라면
만약으로 이루어진 세계 안으로 들어가고 싶어
아주 작은 사람이 더 작은 사람이 된다
구름은 회색이고 소란스러운 마음
너의 얼굴은 구름과 같은 색을 하고 있다
닫힌 입술과 닫힌 눈동자에 갇힌 사람
다 타버린 자리에도 무언가 남아 있는 것이 있다고
쭈그리고 앉아 막대기로 바닥을 뒤적일 때
벗어났다고 생각했다면 벗어나지 못한 것이다
한쪽이 끊어진 그네에 온몸으로 매달려 있어도
네가 네 기도에 갇혀 있다는 것을
아무도 아는 사람이 없었다

# 간결한 마인드맵

김영희

## 1. 마음의 지도와 최소 서사

안미옥의 첫 시집『온』에는 유독 많이 반복되는 단어가
하나 있다. "마음"이다. 이십여편의 시에서 "마음"이 한차
례 이상씩 쓰이고 있으니, 세편 중 한편의 시에 마음이라
는 말이 등장하는 셈이다. 「시집」의 마지막 문장은 이렇게
끝이 난다. "끔찍하구나/이게 전부 마음의 일이라니".

이를테면 시인에게 시는 기대하는 것을 배반해버리는
자리에서, 시인의 내면을 한없이 뾰족하게 닦아세우면서
발화된다. "감옥"이라고도 "구원"이라고도 할 수 없지만
실은 그 모두인 시집은 무엇보다 마음의 건축물이다. 그것
은 사실 세계가 아닌 생각과 감정과 기억의 영역에 속해
있는 까닭에, 영원히 회귀할 수도 있지만 한순간 사라질
수도 있는 정신의 구조물이다. 실재가 아닌 "마음의 일"이

어서, 쉽게 허물어질 수도 있지만 동시에 견고하게 계속될 수도 있는 것이다.

시인은 '마음이 가다/놓이다'라든지, '마음을 두다/붙잡다'와 같은 표현을 어쩌면 '무의식적으로' 반복해 사용하는 것 같다. 그러나 마음의 지도를 좀더 자세히 들여다 보면, "부드러움에 닿고자 하는 마음"(「네가 태어나기 전에」)이나 "나를 좋아하고 싶은 마음"(「조언」)처럼 얼마간 긍정적인 마음을 표시하는 목록은 하나같이 부재와 결핍의 상태로 묘사된다. 이에 비해 "어떻게 버려야 하는지 알 수 없는 물건을/오래 가지고 있던 마음"(「목화」)을 포함하여 무너지고, 상하고, 부서지고, 긁히고, 소란스러운 "흉터"(「거미」)의 마음 목록은 시의 근본적인 정서를 형성한다. 여기에 "달아나지 못하는"(「프리즘」), "말할 수 없는"(「아이에게」)과 같은 부정(不定)의 마음 목록이 더해진다.

사적인 경험과 거기에 밀착해 있는 마음의 표정이 시의 주조를 이루지만, 이때 이야기는 최소한으로만 제시되며, 상처의 경험과 관련된 이야기의 구체적인 맥락은 사라지고 파편적인 이야기의 조각만이 남게 된다. 하지만 안미옥의 시는 생략된 이야기의 양만큼 공백이 많은 이야기를 담고 있다. 그리하여 "간결하고 간소한 마음"(「까마귀와 나」)은 사라진 이야기로 인해 명료하거나 투명하게 다가오지는 않는다. 간결한 형식과 파편적인 이야기가 만들어내는 여백의 아우라가 역설적으로 안미옥의 시를 풍요롭게

추인해가는 힘이 된다. 간결한 배치, 간명한 어휘를 통해 만들어낸 파편적이고 모호한 마인드맵. 그것은 특정한 의미로 손쉽게 환원되지 않는 마음의 지도이다.

목조 계단에 앉아 있었다
오랫동안 빛에 휘둘린 얼굴이었다

무덤덤한 마음 안쪽에서
찢긴 것들이 쏟아져나왔다
돌보지 않고 끌고 온
썩은 나무토막 같은 것

매일 모르고 살겠다고 결정하였다
결정을 반복하고 반복하면서

그러면 믿게 된다

—「정전」 부분


그 많은 마음의 목록에도 불구하고 시인의 마인드맵에서 가장 결정적인 영토는 "갇혀 있다"는 고백 속에 담겨 있다. 『온』의 마지막은 "네가 네 기도에 갇혀 있다는 것을/아무도 아는 사람이 없었다"는 문장으로 끝이 난다. 『온』은 미만(彌滿)한 마음의 서사를 펼쳐 보이는 듯하지만 다

른 한편으로 마음의 연기를 내뿜기보다는 내면에 '가두면
서' 말한다. 미처 고백되지 못한 생각과 감정과 기억은 시
인 특유의 '중량이 가벼운 문장'으로 발화된다.

안미옥은 간결하면서도 가벼운 문장을 구사한다. 그것
은 우선 주어의 무게중심마저 제거한 문장이다. 시인의 문
장에는 주어가 생략되어 있는 경우가 많은데, 이들은 물론
'나'라는 화자를 함축하고 있는 경우가 많기는 하지만, 예
컨대 "작고 빛나는 흰 돌을 잃어버린 것 같았다"(「한 사람이
있는 정오」)에서처럼 주어가 그들인지, '나'인지 쉽게 확언
할 수 없는 경우도 있다. 다음으로 목적어의 구체성을 최
소화한 문장이다. 「정전」에는 무엇을 "모르고 살겠다"는
것인지, 무엇을 "믿게 된다"는 것인지 드러나 있지 않다.
여기에서는 다만 마음의 내상과 어떤 다짐과 믿음이, 자기
주문으로서 담겨 있는 뿐이다. '찢겨진' 마음에 부착되어
있는 경험은 서사화되지 않는다.

우리는 시를 읽으며 시인의 마음을 함께 느껴보지만 그
마음의 구조와 원인을 알기는 어렵다. 시의 화자는 마음의
창문에 검은 연기가 가득하더라도, 창문을 열기보다는 연
기를 견디는 것을 택할 것이다. 그는 자신의 마음을 집중
해서 바라보지만, 그 마음을 있는 그대로 긍정하거나 설명
하지는 않는 듯하다. 검은 연기의 마음 상태를 시인은 마
음의 "정전(停電)"이라고 말한다.

이 지점에서 주목해야 하는 것이 시인 특유의 '고백체'

와 '관찰자 시점'이다. 이들은 미학적으로는 어딘가 낯선 조합이다. 시인은 간결하지만 분명하게 자신의 내면을 고백하지만, 동시에 "오랫동안 빛에 휘둘린 얼굴이었다"와 같이 관찰자의 시점으로 자신을 묘사한다. 화법과 시점의 불일치가 오히려 안미옥 시의 간결하고 건조한 문체의 묘미이자 매력이다. 관찰자의 시선을 통해 시인은 한발짝 거리를 두고 자기감정을 묘사할 수 있게 된다. 「정전」이 보여주는 중량이 가벼운 문장과 고백체와 관찰자 시점은 간결한 마인드맵의 미학적 형식이다. 그래서일까. 시인은 복수의 마음 심급과 그 안에 매설되어 있는 다단한 감정들에도 불구하고 다음과 같이 말해볼 수 있는 것이다.

앉아서


튤립, 튤립
하고 말하고 나면


다 말한 것 같다

—「시집」 부분

## 2. 말의 원심력과 함께 느낌

『온』의 각 시편은 문장과 문장 사이, 연과 연 사이의 의미의 여백이 넓다. 문장 단위로 혹은 연 단위로 이들은 '단속적으로' 존재한다. 간소한 형식에 기본적인 어휘를 구사하고 있지만, 그들은 좀처럼 특정한 의미로 환원되지 않는다. 안미옥의 시를 읽으며 단순한 형상과 분명한 색감으로 채워진 서정적인 반추상화를 떠올린 것은 이와 무관하지 않을 것 같다. 안미옥의 마인드맵에서 작동하는 힘은 원심력이다. 단속적인 문장과 파편화된 이미지 사이에서 의미의 구심점은 특별히 설정되어 있지 않다. 제각기 산포되어 있는 낮은 목소리의 단단한 말들. 물론 그 말들은 개별적으로 빛나면서도 어느 순간 마음의 지도 위 하늘에 모종의 별자리를 만들어내기도 할 것이다. 그 과정에서 독자들은 의미의 여백을 자신의 감수성과 이야기로 채워가며, 시적 주체가 통과하고 있는 시간 속에 함께 머무를 것이다.

맨손이면 부드러워질 수 있을까
나는 더 어두워졌다
어리석은 촛대와 어리석은 고독
너와 동일한 마음을 갖게 해달라고 오래 기도했지만
나는 영영 나의 마음일 수밖에 없겠지
찌르는 것

휘어감기는 것
자기 뼈를 깎는 사람의 얼굴이 밝아 보였다
나는 지나가지 못했다
무릎이 깨지더라도 다시 넘어지는 무릎
진짜 마음을 갖게 될 때까지
　　　　　　　　　　—「한 사람이 있는 정오」 부분

　"진짜 마음"은 은폐되어 있거나 아직은 부재한 상태다. 진심을 들키거나 혹은 진심을 알지 못해 '나'는 걱정하고 있는 것 같다. 그 진심에는 관계성의 문제가 얽혀 있다. '나'는 '너'와 동심(同心)을 이루기 위해서 기도했지만, '나'는 다만 "나의 마음"으로서 오래도록 고독하다. '나'는 본래적인 의미에서 "한 사람"으로서 이 세계에 존재한다.
　그 한 사람에 대해 이렇게 말해볼 수도 있을 것이다. 미술작품 앞에 서 있는 혹은 몇몇 장면들을 연이어 바라보고 있는 한 사람이 있다. 어느 순간, 그의 모습은 한편의 그림 속으로 들어가 정지되고, 그 작품에는 「한 사람이 있는 정오」라는 제목이 붙는다. '한 사람'이란 결국 '나' 자신이다. 그리하여 시 속에서는 서로 다른 시간과 시점이 겹쳐지고 있으며, 시의 주체는 「한 사람이 있는 정오」를 통해 결국 자신의 모습을 바라보고 있는 셈이 된다. 그리고 '나'는 "무릎이 깨지더라도 다시 넘어지는 무릎"의 운동을 반복함으로써 숨기고 있거나 가지지 못했던 진심을 대면할 수 있게 된다. "자기 뼈를 깎는 사람의 얼굴이 밝아 보였다"면 이 때문일 것이다. 그 얼굴은 어쩌면 미래의 시간에서 미리 당겨와 바라보고 있는 '나' 자신의 모습일 것이다.

「한 사람이 있는 정오」의 문장들은 의미 형성을 위해 유기적으로 연결되지 않는다. 개별적으로 선명한 이미지들은 특정한 의미의 고정점으로 집약되지 않는다. 그러므로 우리는 문장 사이의 호흡을 넓게 벌려 각 문장을 얼마간 독립적으로 감상해보는 것도 좋겠다. 여기에 더해 "찌르는 것", "휘어감기는 것"과 같은 구절을 만난다면, 그 말에 부착되어 있을 법한 주체와 대상의 의미 맥락을 일정 정도 여백으로 남겨둠으로써 그 말이 환기하는 강렬한 감각에 온전히 집중해보는 것도 좋겠다. 시인은 아마도 특정한 의미를 우리에게 전달하기보다는, 어떤 기억과 감정을 함께 느껴보기를 원하는 것일지도 모르니 말이다.


## 3. '없어진' 건물이 '있었다'

『온』에는 안미옥 특유의 단어 사용법이 있다. 앞에서 잠시 언급하기도 했지만, 안미옥은 기본적인 어휘를 절묘하게 결합하고 배치하여 자신만의 특별한 의미와 분위기를 지닌 문장을 만들어낸다. 그것은 때론 아이의 문장처럼 깨끗한 목소리와 발랄한 시선으로 채워지기도 한다. 가령,

"생각을 많이 할수록 우리는 없어져갔다"(「매일의 양파」)에서의 "없어져갔다"와 같은 기이하고도 동화적인 표현이 그러하다. 이 중에서도 특히 주목하고 싶은 것은 '있음'과 '없음'이 공존하는 시점과 화법이다. 하나의 대상 안에 유(有)와 무(無)가 동시에 실재할 수는 없는 것이기에, 이들은 낯설고도 기묘한 아우라를 지닌 문장을 만들고 시를 생산한다. 그리고 이는 '기억'을 다루는 고유한 방식이 된다는 점에서 더욱 특별하다.

지도를 보며 찾아간 곳에는 없어진 건물이 있었다 무엇을 결정하는 일은 시간 속에 허리가 잠겨 있게 한다.

누군가의 얼굴을 죽도록 때리는 꿈을 꾸었어 너는 아침마다 침대 머리맡에서 꿈 이야기를 듣는다

알람처럼
양털에 파묻힌 양의 얼굴

살아본 적 없는 시간은 일단 망가졌다고 생각했다 무릎 위에서 잠이 든 개처럼

미동 없이

밥을 먹기 전엔 기도를 잊지 않았다 볕을 쬐며 살아
있는 것을 생각하면 떠오르는 것이 없었다

—「치료탑」부분

『온』에서 시인은 존재와 부재, 회귀와 소멸, 사라지지 않
는 것과 사라져버린 것에 대해 자주 쓰고 있다. "나는 없는
것에 대해서만 말했다"라든지, "나는 이제 남아 있는 것들
에 대해 이야기한다"(「온」)와 같은 문장이 보여주는 진단
과 의미 또한 이와 관련이 있을 것이다.

「치료탑」에서 "지도를 보며 찾아간 곳에는" '나'가 찾던
건물이 없다. 지금은 사라진 건물에 대하여 시인은 "없어
진 건물이 있었다"라고 표현한다. 이 문장은 어딘가 이상
해 보이는데, '있음'과 '없음'의 결합이 어색하게 다가오
기 때문이다. 그러나 이는 단지 "없어진 건물" 이상의 의
미를 담고 있다. 이 문장은 무엇보다 그곳에 "건물이 있었
다"는 기억에 근거하고 있으며, 그 기억 속에 부착된 지금
은 부재하는 시간을 포함하고 있기 때문이다.

「치료탑」의 현재 속에는, "꿈"의 기제로서의 과거와 "살
아본 적 없는 시간"으로서의 미래가 중첩되어 있다. 각각
의 시간 속에 부착되어 있는 "죽도록 때리는 꿈", "망가졌
다"는 생각, "살아 있는 것을 생각하면 떠오르는 것이 없"
는 지금 여기는, 하나같이 소멸과 종말의 기미(幾微)들을
매설하고 있다. 그러므로 '없어진 건물의 있음'을 통해 오

히려 강조되는 것은, 지금은 "없어진 건물"로서의 "치료
탑" 자체인지도 모른다.

　　정면에서 찍은 거울 안에
　　아무도 없다

　　죽은 사람의 생일을 기억하는 사람
　　버티다가

　　울었던
　　완벽한 여름

　　어떤 기억력은 슬픈 것에만 작동한다
　　슬픔 같은 건 다 망가져버렸으면 좋겠다

　　어째서 침묵은 검고, 낮고 깊은 목소리일까
　　심해의 끝까지 가닿은 문 같다

　　아직 두드리는 사람이 있었다

　　생각하면
　　생각이 났다

　　　　　　　　　　　　　　　　　　　—「질의응답」 전문

간결한 형식과 기본적인 어휘에도 불구하고 안미옥의 시는 생각만큼 쉽게 이해되지 않는다. 시 곳곳의 여백마다 시인의 슬픔과 한숨, 긍지와 상처 등이, 미처 발화되지 않은 언어 혹은 침묵의 목소리로서 흘러다니고 있는 까닭이다. 「질의응답」 또한 그러하다. 먼저 시 속에 진입하기 위한 입구로 '있다'와 '없다'라는 대립적인 의미항을 설정해볼 수 있다. '있음'과 '없음'의 결합과 길항, 보다 구체적으로는 "아무도 없다"와 "아직 두드리는 사람이 있었다" 사이의 질의와 응답이 시의 기본 구조를 이루고 있다고 할 수 있기 때문이다.

　정면에서 거울을 보고 찍었는데, 거울 속에는 "아무도" 보이지 않는다. 사진을 찍은 주체가 '나'이든 혹은 '누군가'이든 행위의 주체가 존재하지 않는 상태인 것이다. "정면에서 찍은 거울 안에/아무도 없다"는 문장의 근거를 "죽은 사람"의 존재에서 찾을 수 있다면, "아직 두드리는 사람이 있었다"는 문장의 이유를 살아있는 사람의 '기억'에서 찾을 수 있을 것이다. 그러므로 '아무도 없음'이라는 표현 속에서는 존재하지 않던 사람을, '아직 사람이 있음'이라는 선언을 통해 존재하는 사람으로 만드는 것이 바로 기억이다. 여기에서 우리는 "보이지 않는 것은 사라질 수 없다는 것"(「트리거」)이라는 일견 잠언 같은 문장의 의미를 비로소 이해할 수 있을 것 같다.

슬픔과 하나의 몸을 이루고 있는 어떤 기억은 영원히 잊히지 않는다. 안미옥의 마음의 지도에서 "어떤 일들은 영원히 사라지는 법 없이/공기 속을 떠다닌다"(「트리거」). 이에 대해 「질의응답」의 화자는 "생각하면/생각이 났다"고 말한다. 얼마나 많은 말들을 '마음속에서' 발화하고 나면, 그리하여 얼마나 많은 말들을 문장 속에 감추고 나면 이렇게 간소하게, 이렇게 직접적으로 말할 수 있는 것일까.

"아무도 없다"는 비극, "아직 두드리는 사람이 있다"는 절박함, "심해의 끝", 그리고 "슬픔 같은 건 다 망가져버렸으면 좋겠다"는 목소리에 집중해서 읽다 보면, 우리는 어느덧 「질의응답」의 여백에 흐르는 "검고, 낮고 깊은" 침묵 속에서 세월호의 슬픔을 함께 느끼게 될 지도 모른다. 최소한의 말. 어떤 말의 입김으로도 공기 한점 흐트러뜨리지 않겠다는 시인의 의지를 느끼게 되는 건 이 때문일 것이다.


4. 아이들이 온다

안미옥의 마인드맵의 또 다른 주인공은 '아이들'이다. 『온』에서는 '내가 아이였을 때'의 마음과 더불어 가족 극장의 어두운 화면이 재생되고 있다. "다시는 그러지 않겠습니다"(「인디언 텐트」)라고 읊조리던 아이는 어쩌면 마음의 고아원에 오래 머물렀는지도 모른다. "새파란 싹이 나는 감자를 도려냈다. 어깨가 아팠다"(「나의 고아원」)라고 그 아이가 말할 때, 슬픔은 비단 몸의 아픔에서 연유하는 것만은 아닐 것이다. 『온』의 가족 서사에 "다리가 네개여서 쉽게 흔들리는 식탁 위에서. 팔꿈치를 들고 밥을 먹는 얼굴들"(「식탁에서」)이 등장할 때면, 그 모습은 서로의 마음속에 정착하지 못하고, 매번 흔들리고 흘러내리는 관계들을 보여준다. "툭. 툭." 바둑알이 놓이듯, 그들은 다만 개별적으로 자신을 가족이라는 제도, 집이라는 공간 속에 내어놓는다.

부서진다
밤은 희미하게

새의 얼굴을 하고 앉아
창 안을 보고 있다

노래하듯 말하면 더듬지 않을 수 있다
안이 더 밝아 보인다

자주 꾸는 악몽은 어제 있었던 일 같고
귓가에 맴도는 멜로디를 듣고 있을 때

물에 번지는 이름

살아있자고 했다

　　　　　　　　　　　　　　—「아이에게」부분


　이와 함께 『온』에는 시인이 애써 '천국의 아이들'이라
고 불러보는 어린 친구들이 존재한다. "모두 다 소풍을 가
서 돌아오지 않는"(「금요일」) 저녁이 있었다. 그들은 지금
"쏟아지는 물 안에 남아 있다"(「천국」). 그리고 어느덧 시집
속에는 '죽은 새'의 이미지가 반복해서 등장한다. 어느날,
"밤"은 "새의 얼굴을 하고 앉아" 우리를 바라보고 있다. 그
리고는 "살아 있자고 했다". 이 말은 살아 있는 우리가 아
니라, 새의 모습을 한 어떤 목소리가 건네는 말이어서 힘
이 있다. 그렇게 아이들은 우리에게 온다.
　안미옥의 시집을 읽으며 시는 근본적으로 "노래하듯"
말하는 것이고, 시는 의미 이전에 또는 감각 이전에 마음
에 먼저 와닿는 것이라는 소박한 사실을 배운다. 안미옥
시의 어떤 문장들은 설명할 수 없는 지점에서, 설명하지
않아도 좋을 것 같은 느낌을 준다. 우리는 단지 "노래하듯
말하면 더듬지 않을 수 있다".


　　　　　　　　　　　　　　金怜熙 | 문학평론가

다른 것을 보고 싶었다. 다른 마음으로 살고 싶었다. 좋은 사람이 되고 싶다는 생각을 자주 했다. 그것은 너무 어려운 일이었고, 나는 결코 좋은 사람이 못 되었다. 벗어날 수 없다는 생각이 자주 들었다. 그것이 뼈아팠다. 내가 싫어지는 때가 많았다.

그럼에도 계속 쓰는 사람이었던 것은, 내가 매 순간 쓰는 사람이 되는 것을 선택했기 때문이다. 돌이켜 생각하니 선택의 순간이 많았다. 그때마다 나를 붙들어준 문장과 사람들의 말이 있었다. 결국엔 함께하는 일. 나는 함께 살고 싶다.

이 시집이 당신에게도 조금의 용기가 되었으면 좋겠다. 나는 모든 곳으로 오는 시를 생각한다. 모든 곳에, 백가지의 모습으로.

2017년 봄
안미옥

창비시선 408

온

초판 1쇄 발행 / 2017년 4월 17일
초판 17쇄 발행 / 2024년 7월 24일

지은이 / 안미옥
펴낸이 / 염종선
책임편집 / 이선엽
조판 / 박아경
펴낸곳 / (주)창비
등록 / 1986년 8월 5일 제85호
주소 / 10881 경기도 파주시 회동길 184
전화 / 031-955-3333
팩시밀리 / 영업 031-955-3399 편집 031-955-3400
홈페이지 / www.changbi.com
전자우편 / lit@changbi.com